手の中の月

林 響き

文芸社

目次

佳月

月満つる時の気持ちを絵にせむと君の水彩借りてはみけむ

迸る血や三日月を撫でけむと夫に言ふなり吾は言ふなり

三日月はすぐにしづむと問ひせがむしやがみ込みては吾子の目になる

ＳＡＫＵＲＡとやペンに書かれてある午後の月になりたし切り詰める吾

君の肌忘れぬやうにと尽くすたび指の腹にぞ月の宿りぬ

幻月や閉ぢられた目のまぶたなり端鋭くて薄目をあけむ

彼の男の月の雫を受け止めむ調べと同じ匂ひのしけり

夫の言ふ足許よりも上を見よ幻月であり後は続かぬ

床板に温かきもの入りけむ月の出る夜は君と辛き目

立てぬ程落ちぶれてゐる吾のためとつておきよとムーンウオークを

月好男《ささらえ》を待つ身この足白うして白は好きかと問ふてみたしが

心月を五本の指で摑まれむ因果の末に君と生きたし

庭に出て月を探せど無月なり吾は月ぞと言ひ出す娘

宵月や雫の後に残る物黎明とする君の精神

雨の月泣かないでねと言ふ君の傷有る手首白さまぶしき

立待や命が要ると言ふ男《をとこ》吾は心が欲しゐと叫ぶ

片目だけ開けては何も考へぬ考へられぬ真夜中の月

十八夜重なり合つて寝る度に朝が来たとて芯は揺らぎぬ

二十日月くるぶしの位置気になりぬ君が一番好きな所に

宵闇にじつとしてゐる角を見る子の要る吾を君はどう見る

月鈴子《げつれいし》昼の日中《ひなか》に鳴き狂ふ君の歪んだ口元に沿ふ

光だけ確かに届く雨の月立てない理由君の胸に塗る

初めての指輪買ひけり初めての彼女に贈るブルームーンストーン

佳　月

うらがへす鍋の底には水の膜月占ひは何を言ひしか

上がるとも下がるとも云ふ潮のこと月の波とて流れて逝かむ

女子《をなご》だけ有る物でない月映えは夫の着流し伏した目で見ゆ

好みだと言ふから買つた着物取り月映えと言ふ夫のくやしき

月映えや私の皮膚を照らしけむ治るものなら早くしろと言ふ

月迫にかならず来ると言ふ男《ひと》の腕の白さを吾にも映せ

死にたいと爪先ばかり見つめけり霞《かすみ》初《ぞ》めぞと人は言ふなり

耳元で霞初めぞと言はれけむ月出るのをまだ見てをらぬ

降り注ぐ粒子そのまゝ月虹《げつこう》や払ひ除けてもやはり月虹《げつこう》

玉輪の肌遠くから見るよりも傍にをゐでと首を引かれむ

寝《い》住《ず》まひを正すことさへ出来ぬまゝ月気《げつき》に満ちた君を待ちけむ

潭《たん》月《げつ》を底から見たらどんなかと底で問はれむ夜の短き

月の霜水《すい》面《めん》にたゞ浮かびけり両手を出せば掬へさうなり

立ち上がる事のできぬ吾《あ》袖濡らしたゞ待つばかり佳月なりけり

上ばかり見上げてゐては得られぬと水たまりにぞ月は生きむや

青月の足のくるぶし跳ね上げむ重なりて見る君の手白し

袖の月寝込んでしまふ吾の事あなたのせゐと初めて言へり

月に棲むあの人呼びて小さきが背丈の分を撫でむ色人

三五夜の足下ばかり見る吾子の手を繫ぎけり見上ぐるばかり

落月に朝が来た事告げたくて額に寄り沿ひ軽く目を開く

月夕の洗濯物を取り入れむたゝむ所から夫に頼めり

傘の色わざと互ひに違ひけり離れてゐるや時雨月なり

月涼し寄りかゝりたる夫の髪夕べは胸の辺りに有りぬ

月の宴みじたく遅しと言はれけむ夫の足下靴下の黒

月の客大勢が良いと吾の言ふ豆の弾ける音の賑やか

目を閉ぢて何かに耐ふる夫のある月の人だと想ひ定めむ

月の出や臨海点にゐる吾に水の中だと思ひ込ませむ

月気

月の霜貴女の肌に粒見ゆる

見ぬ物もあると言はれて腫れし月

肌の上もやうのこれる充《みつ》る月

上げし箸ホークがよいかと問ふや月

変化には軽く口きくけふは朔

君の皿からカレーだけ貰ふ月白し

指先の胸までとゞく月白し

月の輪や骨まで痺れる事多し

見上ぐる物それしか無くて月の暈《かさ》

寝ぬ場所は何処でも良ゐと月兎

荒事に取られてしまふ初の月

よこがほに月の傾き測りけり

呪はれし肌を見せけむ月落つる

夫は吾に月明るしと言はせけむ

お揃ひのガムやあの月赤きこと

月の輪に腕をかけゝむ吾は妻

豆電灯にたりと笑ふ月落つる

初月や晴れと言ふのは昏きもの

三日月や優しひ男に逢ひにけり

繊《せん》月《げつ》やシャーペンの芯折られけり

炊けたよと猫撫で声で眉の月

月《がっ》天《てん》子《し》あふれさうなる盃に寄る

翅の先開かぬものか月を待つ

月今宵ひざの裏にぞ香を隠す

子の言葉ひとつ取りなむ月落つる

幻月やふたつの目顔持つてをり

蜜月や眩しすぎると夫は泣く

涙目に君踊りけりムーンウオーク

月《さ》好《さら》男《え》を待つでありんす絹被る

心月を見せつける様に夫の爪

吾子の指月と花とを摘みけり

テーブルの下で暮らす子無月かな

親指に粉固まれり良夜かな

一《ひと》部屋で食事をしけり雨の月

いさようて顔隠しけむ月も見ぬ

怖ひ事ゐくらでも在る月新た

二十日月産まれた月を聞かれけむ

真夜中の月や背中に夫の甲

白米を炊ゐたまゝにす宵の闇

病室に満つる程聞く月《げつ》鈴《れい》子《し》

完全な淋しさに耐ふ月鈴子

君ノ弾ク月琴ノ弦切ラレケリ

月琴の胴をゐだゐて死にたきや

結局は金と地位なのムーンストーン

ほゝけては月占ひを聞いてゐる

月映へや親指の爪深き事

吾の心とり戻しけり佳月かな

沈む月確かに夫と認めけむ

佳月ならば地の蛙さへ救ひけれ

目の端や一点を上ぐる月気かな

著者プロフィール

林 響き（はやし ひびき）

1977年、広島県生まれ。
安田女子大学文学部日本文学科卒業。
岐阜県在住、一女児の母。

手の中の月

2015年11月15日　初版第１刷発行

著　者　林 響き
発行者　瓜谷 綱延
発行所　株式会社文芸社
〒160-0022　東京都新宿区新宿１－10－１
電話　03-5369-3060（編集）
03-5369-2299（販売）

印刷所　広研印刷株式会社

ISBN978-4-286-16743-5